Elias José

O Dono da Bola

3ª edição – 2008
4ª reimpressão – 2021

Ilustrado por Elma

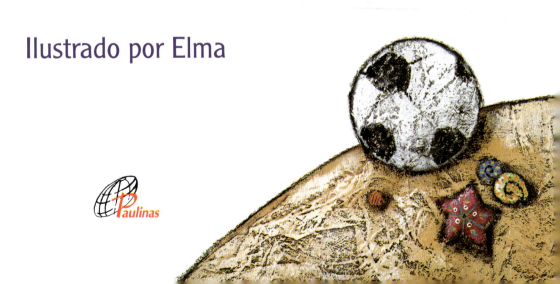

Dados Internacionais de Catalogação na Publicação (CIP)
(Câmara Brasileira do Livro, SP, Brasil)

José, Elias
  O dono da bola / Elias José ; ilustrado por Elma. – 3. ed. – São Paulo : Paulinas, 2008. – (Coleção sabor amizade. Série com-fabulando)

  ISBN 978-85-356-1346-9

  1. Literatura infantojuvenil I. Elma. II. Título. III. Série.

08-11824   CDD-028.5

Índices para catálogo sistemático:
  1. Literatura infantil   028.5
  2. Literatura infantojuvenil   028.5

Nenhuma parte desta obra pode ser reproduzida ou transmitida por qualquer forma e/ou quaisquer meios (eletrônico ou mecânico, incluindo fotocópia e gravação) ou arquivada em qualquer sistema ou banco de dados sem permissão escrita da Editora. Direitos reservados.

Direção-geral: *Flávia Reginatto*
Editora responsável: *Maria Alexandre de Oliveira*
Copidesque: *Viviane Oshima*
Coordenação de revisão: *Andréia Schweitzer*
Revisão: *Marina Mendonça*
Ana Cecilia Mari
Direção de arte: *Irma Cipriani*
Gerente de produção: *Felício Calegaro Neto*
Produção de arte: *Mariza de Souza Porto*

Paulinas
Rua Dona Inácia Uchoa, 62
04110-020 – São Paulo – SP (Brasil)
Tel.: (11) 2125-3500
http://www.paulinas.com.br – editora@paulinas.com.br
Telemarketing e SAC: 0800-7010081
© Pia Sociedade Filhas de São Paulo – São Paulo, 2004

*Para Pedro, Júlia, Ludmila, Luiz Neto, Laura,
Gabriel, Flávio, Raquel, Paulo, Celso Neto,
Maísa, Isabela, Clarice e Yasmim
– os meus sobrinhos-netos –,
com carinho.*

João era dono de uma ⚽ lindona. Não era uma ⚽ de meia nem de plástico, dessas que todo mundo tem. Era uma ⚽ de couro, costurada, tamanho oficial. Cara pra danar! Foi presente do padrinho rico.

Nenhum outro menino da cidade tinha uma ⚽ igual.

Mas a ⚽ de João não saía de casa. Não conhecia a cidade, os estádios ou os campinhos de várzea. Não conhecia a rua de João, a pracinha onde os meninos jogavam. Não conhecia a escola. Vivia escondidinha, com sono, no quarto do dono. Solitária no guarda--roupa, fechada a chave, pra ninguém mexer nela.

João morria de ciúmes da ⚽. Brigava com os irmãos. Poucos amigos chegavam perto dela. Dois mais íntimos conseguiram pegá-la nas mãos porque João queria elogios. Nem João chutava a ⚽. Só fazia umas embaixadinhas. Era mais uma ⚽ de enfeite, como dizia a mãe.

E todos sonhavam jogar com aquela ⚽. Igualzinha às usadas na Copa do Mundo e nos campeonatos famosos.

Na verdade, João era o que mais sonhava. Mas faltava-lhe coragem de pôr a ⚽ pra ser chutada.

A cidade de João ficava a duas horas do mar. Mesmo assim, a maioria dos meninos da cidade não conhecia o mar. Eram pobres e não tinham o privilégio de viajar.

João sonhava em ser jogador de futebol ou em ser marinheiro. Amava a ⚽ como amava o desconhecido mar. Mar que vinha violento ou de mansinho em tantos sonhos...

Sonhos com cheiro de maresia. Sonhos com gosto de sal.

Sonhos com águas muito verdinhas, com uma incrível lua cheia iluminando muito além da praia.

Sonhos com água batendo de mansinho e meio morna no corpo suado. Sonhos com águas levando tudo e todos e ele lutando com elas pra não se afogar.

Sonhos com o som violento das águas batendo nas pedras em noites de tempestade.

Sonhos com o convívio constante com mil peixes diferentes, com algas, sereias, conchas, estrelas-do-mar, cavalos-marinhos e tantos habitantes do mar.

Certo dia, depois de os alunos tanto pedirem, as professoras solicitaram um ônibus ao prefeito e levaram as turmas para conhecer o mar. Fizeram lanches gostosos e todos se prepararam para o maior acontecimento daquelas vidinhas.

Num sábado de manhã, lá foram todos os alunos das segundas séries. João levou a sua ⚽ meio escondida. Ela também tinha o direito de conhecer o mar...

Chegando na orla, viram e se espantaram com a beleza e a imensidão do

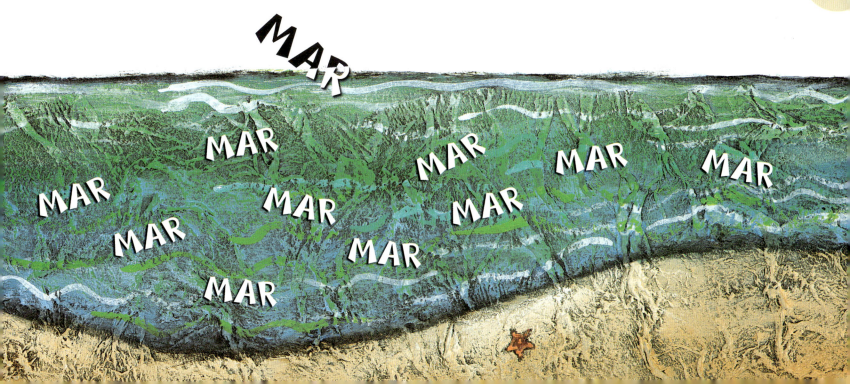

Logo, já estavam todos com roupa de banho, na praia ou na água. Sentiam o calorzinho gostoso da areia nos pés.

Sentiam a delícia da água vindo e voltando e molhando o corpo.
Como era belo o espetáculo das ondas!

voltavam e vinham e voltavam. faziam barulho e espumavam nervosas. a água salgada e o cheiro bom.

Depois, dona Lídia ordenou um descanso pro lanche na praia. Comeram apressados, querendo voltar pro mar. Dona Lídia pediu um tempo. Que fizessem outra coisa. Aí, ela viu o João com a sua ⚽ enrolada na toalha.

— João, por que você não empresta a sua ⚽ pra turma jogar? A praia está quase vazia...

— Ela vai sujar de areia. Pode ir parar na água, ir pra longe...

— O João trata a ⚽ dele como um neném, ou como um bicho de estimação! — disse Marise.

— Coitada da sua ⚽, João! Que triste!

— Coitada por quê?

Dona Lídia, com os pés, alisou bem a areia. Pegou um palito de picolé no lixinho e foi escrevendo:

Uma ⚽ que não rola e rebola
não é ⚽.
Uma ⚽ quer correr pra onde der.
Sair de um e cair em outro pé.
Uma ⚽ quer diversão,
brincadeira e confusão.
Uma ⚽ quer receber um chute
certo e diferente,
que a leve pra frente.

Uma ⚽ quer ser o centro
de todas as atenções.
Uma ⚽ quer entrar
desesperada pra dentro do gol.
Uma ⚽ quer ver a torcida vibrando.
Coitada da ⚽ do João!
Quem a ⚽ enrola em manto
embola o meio de campo.

João leu e pensou... pensou muito... E se a sua ⚽ estivesse sofrendo de verdade?

Aí, João chamou a turma toda pra jogar, pra sua ⚽ não penar. As meninas quiseram entrar no jogo. Ele concordou.

Quanto mais gente chutasse a sua ⚽, mais sucesso ela faria.

Quanto mais gente gostasse de sua ⚽, mais feliz ela seria.

Realmente, uma ⚽ que não entra no jogo vive no sufoco.

João queria ser dono da ⚽ mais feliz do mundo!

A professora deu o chute inicial e o jogo esquentou. ⚽, meninos, meninas e professoras na maior animação.

Uns e outros paravam o jogo um pouquinho. Não aguentavam perder o espetáculo maior e mais belo. Paravam só pra ver uma beleza maior ou pra entrar mais um pouquinho no MAR

MAR MAR MAR MAR MAR MAR MAR MAR

Elias José é mineiro de Santa Cruz da Prata. Vive em Guaxupé (MG) com Silvinha, sua mulher. Os filhos partiram para estudar e trabalhar, mas, em férias e feriados, voltam para alegrar a casa grande e antiga. Seu estúdio fica na parte mais alta e mais aberta da casa. Escreve vendo boa parte da cidade: casas, telhados, quintais, jardins, montanhas mais distantes e a bela catedral abençoando tudo.

Mais do que qualquer coisa da natureza, como bom mineiro, Elias ama o que não tem: o mar. O mar presente em muitos livros, poemas e contos. Outro grande amor: viajar. Elias já ministrou palestras e oficinas pelo Brasil todo. Gosta, sobretudo, de fazer as pessoas amarem a poesia, lendo e produzindo, em várias linguagens.

Elma nasceu em Pernambuco, mas há doze anos mora na Paraíba. É casada e tem três filhos: Mariana, Pedro Henrique e Júlia. Sua casa fica bem pertinho do mar... um pulo. E é sentindo o calor do sol e a brisa do mar em seu apartamento que ela ilustra seus trabalhos.

Possui formação em Serviço Social, Relações Públicas e também em Artes Plásticas, mas só há um ano teve a oportunidade de ilustrar seu primeiro livro, *Trem chegou, trem já vai*, com a Paulinas Editora, considerado "Altamente Recomendável" pela FNLIJ. Aos poucos, ela está redescobrindo o prazer de desenvolver sua criatividade com a literatura. É um mundo novo, um mundo como o das crianças deste livro ao conhecerem o mar pela primeira vez: encantador!